FANFAN LE BATONISTE

A LA REPRÉSENTATION

DES

MOUSQUETAIRES,

Parodie pot-pourri en 30 couplets

PARIS

Chez PIERRE VINÇARD, éditeur, rue Montmartre, N° 1.

Dépôt : chez M. EYSSAUTIER, passage Bourg-l'Abbé, 30,

Et chez les Marchands de Pittoresques.

1846.

FANFAN LE BATONISTE

A LA REPRÉSENTATION

DES

MOUSQUETAIRES,

Parodie pot-pourri en 30 couplets

PARIS

Chez PIERRE VINÇARD, éditeur, rue Montmartre, No 1.

Dépôt : chez M. EYSSAUTIER, passage Bourg-l'Abbé, 30,

Et chez les Marchands de Pittoresques.

1846.

FANFAN LE BATONNISTE

A LA REPRÉSENTATION

DES

MOUSQUETAIRES,

Parodie pot-pourri en 30 couplets.

(Toute reproduction sera poursuivie.)

——— ❧ ———

Air : Voulez-vous savoir l'histoire ?

Hier, moi, l' roi des bâtonnistes,
   D'un accent aigu, (*bis*)
J'dis j'veux voir les quatr' banquistes
   Du vieil Ambigu; (*bis*)
J'avale un verr' de rogome,
J'allong' mes deux francs,
Je dépos' ma canne à pomme,
   Et puis me v'là d' dans.

Air : Larifla.

Avec vot' permission,
J'vas fair' ma narration
Dans mon style faubourien,
Vous me comprendrez bien.
   Larifla fla fla,

Ça vous charmera,
Vous attendrira,
Larifla fla fla.
Ça vous amus'ra,
Ou... vous embêt'ra.

Air : A la façon de Barbari.

Nous somm's au lever du rideau,
Dans l'auberg' de Béthune ;
C'est là que vient un vieux bourreau
Qu'a perdu sa fortune,
Il a l'air d'un fort bon garçon,
La faridondaine, la faridonden ;
Mais l'vieux gueux dans sa barbe a ri,
Biribi,
A la façon de Barbari,
Mon ami.

Air : Père capucin, confessez ma femme.

Un faux capucin
Lui demand' sa route,
Mais chacun se doute
Que c'est un gredin.
En effet, ce mauvais coquin
N'est qu'un enfant adultérin,
Qui veut se venger, sans que rien lui coûte,
Sur le genre humain
Qui l'fit orphelin.

Air du pas redoublé.

L' bourreau sort et r'vient tout sanglant,
    Frappé d'une espingole ;
Il s'écrie en se tortillant
Qu'c'est une balle espagnole,
Et c't homm' dans cett' fauss' position,
Puisqu'il a déjà l' râle,
Bavard' deux heur's' un' confession
    Absurde et générale.

Air de la meunière.

L'moribond de ses r'mords touché,
    Appel' le bon père,
Et dit qu'il a commis l'péché
    De lui tuer sa mère.
Le moin' furieux alors se l'vant,
Achèv' le pauvre pénitent
    D'un bon coup derrière
    Et d'un bon coup d'vant !

Air : Cocu, cocu, mon père.

Ainsi finit l' prologue,
    Qui n'est pas une drogue,
Plus d'un imbécill' vraiment
N'en pourrait pas faire autant.

Air : Trou la la.

Nous v'la maint'nant à Paris,
    Chez un personnag' bien mis,

$$- 4 -$$

Soudard, estafier, soldat,
Et pourtant gueux comme un rat.
Trou la la (*bis*),
On va nous dégoiser ça,
Trou la la (*bis*),
Vous saurez cett' histoir' là.

Air : Il va venir, le sultan que j'adore.

Y avait une fois trois ou quat' mousquetaires :
Porthos, Athos, Dartagnan, Aramis,
Qui détestant les tyrans sanguinaires,
D'un anglican se firent les amis.
Partons,
Filons,
Vers le rivage d'Angleterre,
Délivrons un roi prisonnier,
Qui n'a qu'huit bras, quat' cœurs et not' rapière
Pour tenir tête à son peupl' tout entier.

Air : Veillons ou salut de l'empire.

Mais v'là qu' l'épouse du roi Charle,
Qui s'était sauvé, d'son pays,
Fait dire en s'cret qu'il faut qu'ell' parle
A l'oreill' d'Athos, d'Aramis ;
Ell' vient l'soir,
Tout en noir,
En pleurnichant comme un' Mad'leine,
Les prier,
Supplier,
De filer vit', car c'est pressé :

— Nous jurons, dis'nt-ils à la reine,
Qu'vot' parlement sera rossé ;
A deux nous aurons un peu d'peine,
Mais l'parlement est enfoncé.

Air : C'est demain la Saint Crépin.

Pendant tout ça l'malin
D' Mazarin
A Cromwell, vieill' canaille,
Envoyait ce ch'napan
D' Dartagnan
Et Porthos, fair' ripaille
Et du boucan ;
Aramis, Athos,
Dartagnan et Porthos
Vont donc s' tuer dans la bataille.

Air : Ni vu ni connu j't'embrouille.

Le nommé Mordant,
C'bâtard si mordant,
Est celui qui mèn' la chose ;
Ce vil impudent,
A chaque incident,
D' sa mèr' veut venger la cause,
Ce gringalet
Est maigre et laid,
Morose,
Si l'on voulait
On s'en déf'rait,
J'suppose.
Oui,

Mais pour appui
Les auteurs n'ont qu'lui,
C'est là qu' tout' la pièc' repose.

Air de Dorilas.

Sa maman, infâme adultère,
Fut femm' d'Athos, dam' de château,
Sœur de Winter, pair d'Angleterre,
Et bell'-sœur même du bourreau,
Voleus', coquin' du premier numéro !
Enfin cett' créature immonde,
Qui nous laisse un si vilain fils,
Se trouve êtr' la sœur de tout l' monde
Et la femm' de tous les maris.

Air de la fanfare de Saint-Cloud.

Enfin tous nos mousquetaires,
Sont débarqués à London,
Mordant qui press' les affaires,
Dit aux deux siens : allons donc
Chez Cromwel, mon tendre maître,
Qui nous attend aujourd'hui,
Et quand vous l' verrez paraître
Tenez-vous bien droits d'vant lui.

Air : Quand la mer rouge apparut.

Ce fabricant d' bierre en pot,
Est un fameux bigre,
C'est un héros de tripot,

Qui tient du chat tigre,
Avec son affreux chapeau
Et ses vieilles bott's de peau,
C'est un lou, lou, lou;
C'est un pi, pi, pi,
C'est un lou,
C'est un pi,
Loupineur de trône,
Qui veut la couronne.

AIR : Il était un p'tit homme.

Du roi cherchant la tente,
Vienn'nt Aramis, Athos,
Bien dispos ;
Le prince se présente
Et leur dit : enchanté
D' vot' bonté ;
Le diabl' va m' saisir,
Je n' peux plus m'enfuir.
Je ne sais que d'venir....
Me lairez-vous (*bis*), me lairez-vous mourir !

AIR : Aussitôt que la lumière.

Dam', seigneur, ne vous déplaise,
Lui répond ce bon Athos,
On dit qu' vot' garde écossaise
Vient de vous tourner le dos.
Nos rapièr's sont toujou   prêtes
Pour vous, ô l' meilleur des rois !
Mettez-vous à nos deux têtes,
Et nous f'rons la guerr' *de trois* !

Air : Cadet-Roussel.

Le roi dit : vous êt's bon enfant !
Je n' pourrais pas être triomphant,
Que ferions-nous en nous r'biffant,
En nous tapant, nous échauffant ?
   Mais j'admire vot' caractère,
Aussi je sais bien c' que j'vas faire,
   Pour prix de vot' valeur,
J'vas vous donner... la *croix d'honneur*.

Air : Rendez-moi mon écuelle de bois.

En c' moment d'Artagnan et Porthos,
   Vienn't au camp pour se batre,
En r'connaissant Aramis, Athos,
   Ils se tiennent à *quatre* ;
      Les deux derniers,
      Faits prisonniers,
Sont mis en cage avec colère,
    Mais les deux premiers
    Sont leurs geôliers,
Et je réponds d' l'affaire.

Air : L'amour est un enfant trompeur.

Porthos, qu'est fort comme un taureau,
   D' la chose rit sous cape,
D' la prison il casse un barreau,
Ça fait qu' tout l' monde s'échappe.
L'armée entière qui flân' par là,
Fait semblant de n' pas voir tout ça ;
   Est-ce elle qu'on attrape,
   Ou l' public qu'on attrape?

Air : Des pendus.

Le parlement a prononcé,
Le roi sort ; il est offensé,
Par un gamin d' la place publique ;
Mais Porthos prompt à la réplique,
S' trouvant là comme un à-propos,
Au polisson casse les os.

Air : Du Calife.

A vivre, n'ayant plus qu'une heure,
Malgré les efforts d'Aramis ;
Charles, reçoit dans sa demeure
Sa femm', ses enfans, ses amis.
Cromwel le veut, il faut qu'il meure,
Le roi pleure, la reine pleure,
Et comm' le tableau
Est très beau,
L' public attendri,
Pleure aussi. (*bis.*)

Air : Lison dormait.

Ici devrait finir la pièce,
Mais on voulait les douz' tableaux,
Les auteurs, qui manquaient d'adresse,
Ne sav'nt plus qu' fair' de leurs héros ;
Le roman n'est qu'un long grimoire,
Vide, bavard et sans effet,
Point de sujet,
Ni d'intérêt,

Si c' n'est c' qu'on a pris dans l'histoire,
L'reste n'est rien,
Ne prouve rien ,
Et les niais trouvent ça très bien !

AIR du roi Dagobert.

C'est à l'affreux Mordant
Que chaqu' mousquetaire garde un' dent,
L' scélérat, sans effroi,
S'est fait le bourreau de son roi ;
Partout on l' poursuit ,
Enfin dans la nuit,
On trouv' le hibou
Caché dans son trou.
On l' cerne sans effort,
Et l'on propose un duel à mort.

AIR du pas redoublé.

Il accepte en vrai fanfaron ,
Et soudain s' met en garde ,
En r'culant jusqu'à la cloison
D' la mystérieuse mansarde.
Mais lorsqu'on va l' piquer bien fort,
S'avançant vers la porte ,
Sa main touch' le bouton d'un r'ssort,
Et le diable l'emporte.

AIR : Ton, ton, etc.

A la plac' de ses adversaires,
J' l'aurais fait périr sous l' bâton.

Tonton, tonton, tontaine, tonton,
App'lez-moi, mes chers mousquetaires,
Quand vous en voudrez un' leçon
Tonton, tontaine, etc.

Air : A coups d' pied, à coup d' poing.

Maint'nant qu'ils ont su tout manquer,
Nos gens n'ont plus qu'à s' rembarquer ;
Mais voilà bien une autre histoire !
Mordant, a dans l' fond d' leur vaisseau,
Caché d' la poudre à plein tonneau,
Espérant bien,
Par un adroit moyen,
Leur casser la gueule et la mâchoire.

Air du fou de Tolède.

Mais Dieu permet qu'on découvre la mèche
Par deux valets ;
Et c'est l' geusard qui prend un bain d'eau fraîche,
Dans l' Pas-de-Calais.
Voilà, messieurs, pour sauver l'innocence,
L' secret connu ;
On est toujours sûr de la Providence !...
A l'Ambigu ! (*bis*)

ÉPILOGUE.

Air : T'auras bien du mal Marie-Jeanne.

T'auras bien du mal Marie-Jeanne,
A maint'nir ton succès rival ;
Ton ton moral,
Et lacrymal,

Ma bonn' vieille paysanne,
  Malgré Dorval,
  Doit au total,
Te conduire à l'hôpital.

Air : J'arrive à pied de province.

Pourtant, directeur que j'aime,
  Pèr' de Cardillac,
Ne te r'pos' pas sur Barême,
  Songe au fond du sac ;
J' te conseill', craint' de mécompte,
  D' changer d'écriteau,
Et pour y r'trouver ton *compte*
  De monter Christo. (*)

FIN.

(*) M. Alexandre Dumas prépare un drame pour le même théâtre, d'après son roman *Le comte de Monte Christo.*

Imp. C⁂ Courlet et comp., rue du Petit-Carreau, 32.